FOCLÓIROPEDIA

A JOURNEY THROUGH *the* IRISH LANGUAGE *from* ARÁN *to* ZÚ

THIS BOOK BELONGS TO

_____

FATTI AND JOHN BURKE

GILL BOOKS

AN AIBÍTIR

A Á B C

D E É F

G H I Í

LMNO
ÓPR
STUÚ

CONTENTS

Welcome to

FOCLÓIROPEDIA

Prepare to take a journey through the Irish language as we discover it *focal* by *focal*. Explore over 1,000 words that will help you uncover your heritage and culture, and enjoy the fabulous quirks and features of your native tongue!

Learn *seanfhocail*, *samhlacha* and storytelling phrases. Gather new words to say at the dinner table, at a football match or in the shop. With *Foclóiropedia* you will become an expert on all there is to know about the Irish language.

So *suigh síos* – you're about to discover your language from *arán* to *zú*!

AN tSEACHTAIN

An Luan
Monday

Is fuath liom an Luan.
I hate Mondays.

An Mháirt
Tuesday

Máirt na hInide
Pancake Tuesday

An Chéadaoin
Wednesday

Feicfidh me thú ar an gCéadaoin.
I'll see you on Wednesday.

An Déardaoin
Thursday

Beidh an cluiche ar siúl Déardaoin.
The match is on Thursday.

An Aoine
Friday

Inniu an Aoine, buíochas le Dia!
Thank God it's Friday!

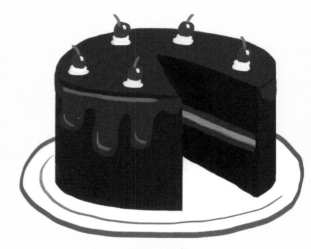

An Satharn
Saturday

Beidh an chóisir ar siúl ar an Satharn.
The party is on Saturday.

An Domhnach
Sunday

Agus mo chuid éadaí
Domhnaigh orm ...
Wearing my Sunday best ...

An tseachtain seo caite
Last week

An tseachtain seo
This week

An tseachtain seo chugainn
Next week

Coicís
Fortnight

Inné
Yesterday

Inniu
Today

Amárach
Tomorrow

NA MÍONNA

Eanáir

January

Feabhra

February

Márta

March

Aibreán

April

Bealtaine

May

Meitheamh

June

Iúil

July

Lúnasa

August

Meán Fómhair

September

Deireadh Fómhair

October

Samhain

November

Nollaig

December

3

CEISTEANNA

Cé
Who

Cé thusa?
Who are you?

CAD/Céard
What

Cad é sin?
What is that?

CÉN
What

Cén t-am é?
What time is it?

Féidir
Can

An féidir leat snámh?
Can you swim?

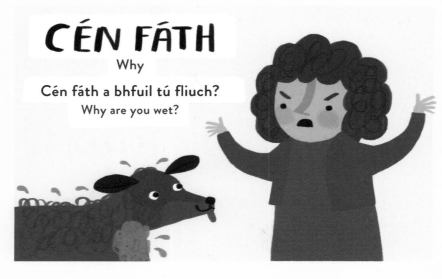

CÉN FÁTH
Why

Cén fáth a bhfuil tú fliuch?
Why are you wet?

Cá Bhfuil
Where

Cá bhfuil mo mhála?
Where is my bag?

Cé Acu
Which

Cé acu is fearr leat, peil nó iománaíocht?
Which do you prefer, football or hurling?

CONAS
How

Conas atá tú?
How are you?

UIMHREACHA

Numbers

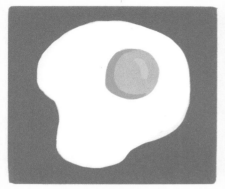

A hAon
One

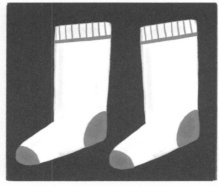

A Dó
Two

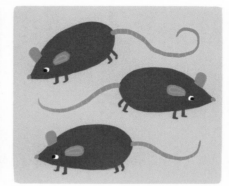

A Trí
Three

A Ceathair
Four

A Cúig
Five

A Sé
Six

A Seacht
Seven

A hOcht
Eight

A Naoi
Nine

A Deich
Ten

A hAon Déag
Eleven

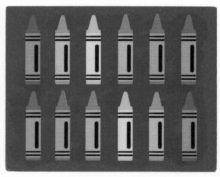

A Dó Dhéag
Twelve

A Trí Déag
Thirteen

A Ceathair Déag
Fourteen

A Cúig Déag
Fifteen

A Sé Déag
Sixteen

A Seacht Déag
Seventeen

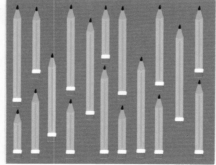

A hOcht Déag
Eighteen

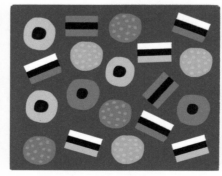

A Naoi Déag
Nineteen

Fiche
Twenty

CÉ MHÉAD?

Tá mé ocht mbliana d'aois.
I am eight years old.

Tá cúigear i mo theaghlach.
There are five in my family.

Ba mhaith liom trí cinn acu sin.
Can I have three of those?

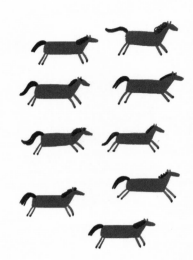

Tá naoi gcapall sa rás.
There are nine horses in the race.

Chonaic me dhá sheilide dhéag sa ghairdín.
I saw twelve snails in the garden.

Thug mé fiche euro don siopadóir.
I gave twenty euro to the shopkeeper.

D'eitil seacht n-éan thar an teach.
Seven birds flew over the house.

Tá Seán i rang a ceathair.
Seán is in fourth class.

AN TAM The Time

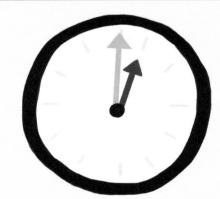

A haon a chlog
One o'clock

Deich tar éis a trí
Ten past three

Leathuair tar éis a ceathair
Half past four

Ceathrú chun a seacht
Quarter to seven

Cúig chun a haon déag
Five to eleven

DATHANNA

DEARG
Red

ORÁISTE
Orange

ÓMRA
Amber

ÓR
Gold

BUÍ
Yellow

GLAS
Green

MUIRGHORM
Aquamarine

GORM
Blue

DÚGHORM
Navy blue

CORCRA
Purple

BÁNDEARG
Pink

DONN
Brown

DUBH
Black

LIATH
Grey

AIRGEAD
Silver

BÁN
White

CÁRTA BUÍ
Yellow card

AIMIRÉAL DEARG
Red admiral

BONN CRÉ-UMHA
Bronze medal

SAILÉAD GLAS
Green salad

AN DATH IS FEARR LIOM
My favourite colour

PÓNAIRÍ GLASA
Green beans

TACSAÍ DUBH
Black cab

SPÚNÓG AIRGID
Silver spoon

CÁIS GHORM
Blue cheese

FAOLCHÚ LIATH
Grey wolf

ÉIDE DHÚGHORM
Navy-blue uniform

ARÁN DONN
Brown bread

BRATACH BHÁN
White flag

ILDAITE
Multicoloured

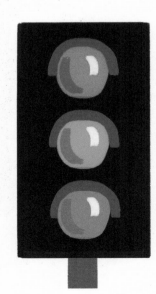

SOLAS DEARG
Red light

SOLAS ÓMRA
Amber light

SOLAS GLAS
Green light

DEA-BHÉASA

Good Manners

mé FéIN Myself

ARD
Tall

Beag
Short

CÚTHAIL
Shy

CUIDEACHTÚIL
Outgoing

EALAÍONTA
Artistic

CLISTE
Smart

GREANNMHAR
Funny

SPÓRTÚIL
Sporty

CAIRDIÚIL
Friendly

CAINTEACH
Talkative

CINEÁLTA
Kind

FLAITHIÚIL
Generous

GRUAIG DHONN
Brown hair

GRUAIG FHIONN
Blonde hair

GRUAIG GHEARR
Short hair

GRUAIG FHADA
Long hair

GRUAIG RUA
Red hair

GRUAIG DHUBH
Black hair

TÁ MÉ MAOL
I have no hair

CRAICEANN GEAL
Pale skin

BRICÍNÍ
Freckles

CRAICEANN DONN
Brown skin

CRAICEANN DORCHA
Dark skin

SPÉACLAÍ
Glasses

Caithim spéaclaí
I wear glasses

Tá ...AGAM
I have ...

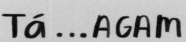

SÚILE GORMA
Blue eyes

SÚILE LIATHA
Grey eyes

SÚILE GLASA
Green eyes

SÚILE DONNA
Brown eyes

MOTHÚCHÁIN

TUIRSEACH
Tired

Féachann tú an-tuirseach.
You look very tired.

BRÓDÚIL
Proud

Tá mé an-bhródúil asat.
I'm very proud of you.

FEARGACH
Angry

Bhí sí an-fheargach liom.
She was very angry at me.

MEARAITHE
Confused

Bhí mé mearaithe ag an scannán.
I was confused by the film.

CUIR ISTEACH AR
Annoy

Cuireann an t-amhrán seo isteach orm.
This song annoys me.

BUARTHA
Worried

Tá sí buartha faoin triail.
She's worried about the test.

PUS
Sulk

Bhí pus air nuair a chaill sé an cluiche.
He sulked when he lost the game.

NÁIRIGH
Embarrass

Ná náirigh mé, le do thoil!
Please don't embarrass me!

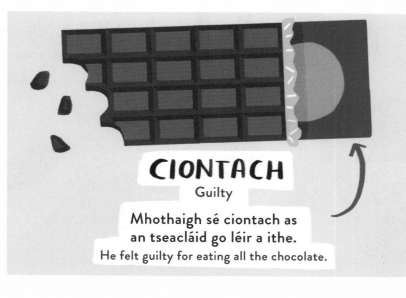

CIONTACH
Guilty

Mhothaigh sé ciontach as
an tseacláid go léir a ithe.
He felt guilty for eating all the chocolate.

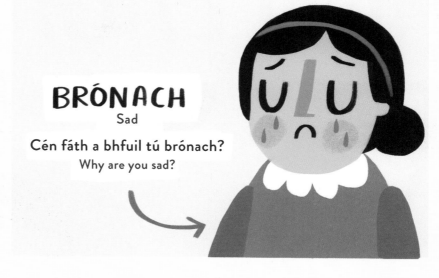

BRÓNACH
Sad

Cén fáth a bhfuil tú brónach?
Why are you sad?

SCEITIMÍNÍ
Excitement

Bíonn sceitimíní ar mo mhadra
nuair a thagaim abhaile.
My dog gets excited when I come home.

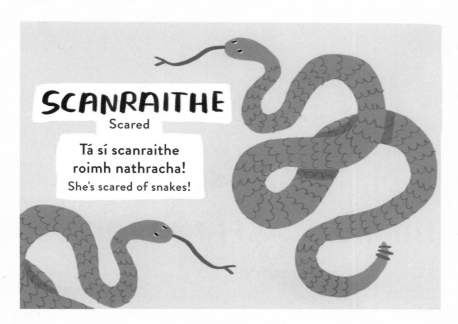

SÁSTA
Happy

Tá siad sásta leis na bréagáin nua.
They're happy with their new toys.

SCANRAITHE
Scared

Tá sí scanraithe
roimh nathracha!
She's scared of snakes!

IN ÉAD LE
Jealous

Tá mé in éad leat
faoi do bhróga nua.
I'm jealous of your new shoes.

IONTAS
Surprise

Bhí iontas air an nuacht a léamh.
He was surprised to read the news.

NEIRBHÍSEACH
Nervous

Bhí sí ró-neirbhíseach le chanadh.
She was too nervous to sing.

AN TEAGHLACH

The Family

MÁTHAIR
Mother

ATHAIR
Father

DEIRFIÚR
Sister

DEARTHÁIR
Brother

SEANMHÁTHAIR
Grandmother

SEANATHAIR
Grandfather

AINTÍN
Auntie

UNCAIL
Uncle

COL CEATHAR
Cousin

Leasmháthair	Leasathair	Leasdeirfiúr	Leasdearthair
Stepmother	Stepfather	Stepsister	Stepbrother

NIA
Nephew

Neacht
Niece

SIN-SEANATHAIR
Great-grandfather

SIN-SEANMHÁTHAIR
Great-grandmother

MAC
Son

INÍON
Daughter

Dearthair Céile
Brother-in-law

Deirfiúr Chéile
Sister-in-law

Peata
Pet

MO CHAIRDE

A chara!
My friend!

Dia duit, a chara!
Hello, my friend!

Barróg
Hug

Is tusa mo phríomhchara.
You're my best friend.

Bosa in airde
High five

An cuimhin leat an t-am sin …?
Do you remember that time …?

Cara mór de mo chuid is ea í.
She's a good friend of mine.

**An dtabharfaidh tú iasacht
do liathróide dom?**
Can I have a loan of your football?

Is é an cara is faide atá agam.
He's my oldest friend.

Cad atá á dhéanamh agat amárach?
What are you doing tomorrow?

Croitheadh lámh rúnda
Secret handshake

Ar mhaith leat cluiche a imirt?
Do you want to play a game?

Cé hé/hí an tamhránaí is fearr leat?
Who's your favourite singer?

Tá rud éigin le rá agam leat.
I have to tell you something.

Cén obair bhaile a bhí againn?
What was our homework?

An féidir leat rún a choimeád?
Can you keep a secret?

Ar mhaith leat fanacht thar oíche i mo theach anocht?
Do you want to stay at my house tonight?

Cá raibh tú?
Where have you been?

Bhí mé caillte gan tú!
I missed you!

Aon scéal agat?
Any news?

Téimis chuig an bpáirc.
Let's go to the park.

Ar mhaith leat crochadh thart?
Want to hang out?

Lean mise!
Follow me!

Ag magadh atá mé!
I'm only joking!

AN SEOMRA CODLATA

The Bedroom

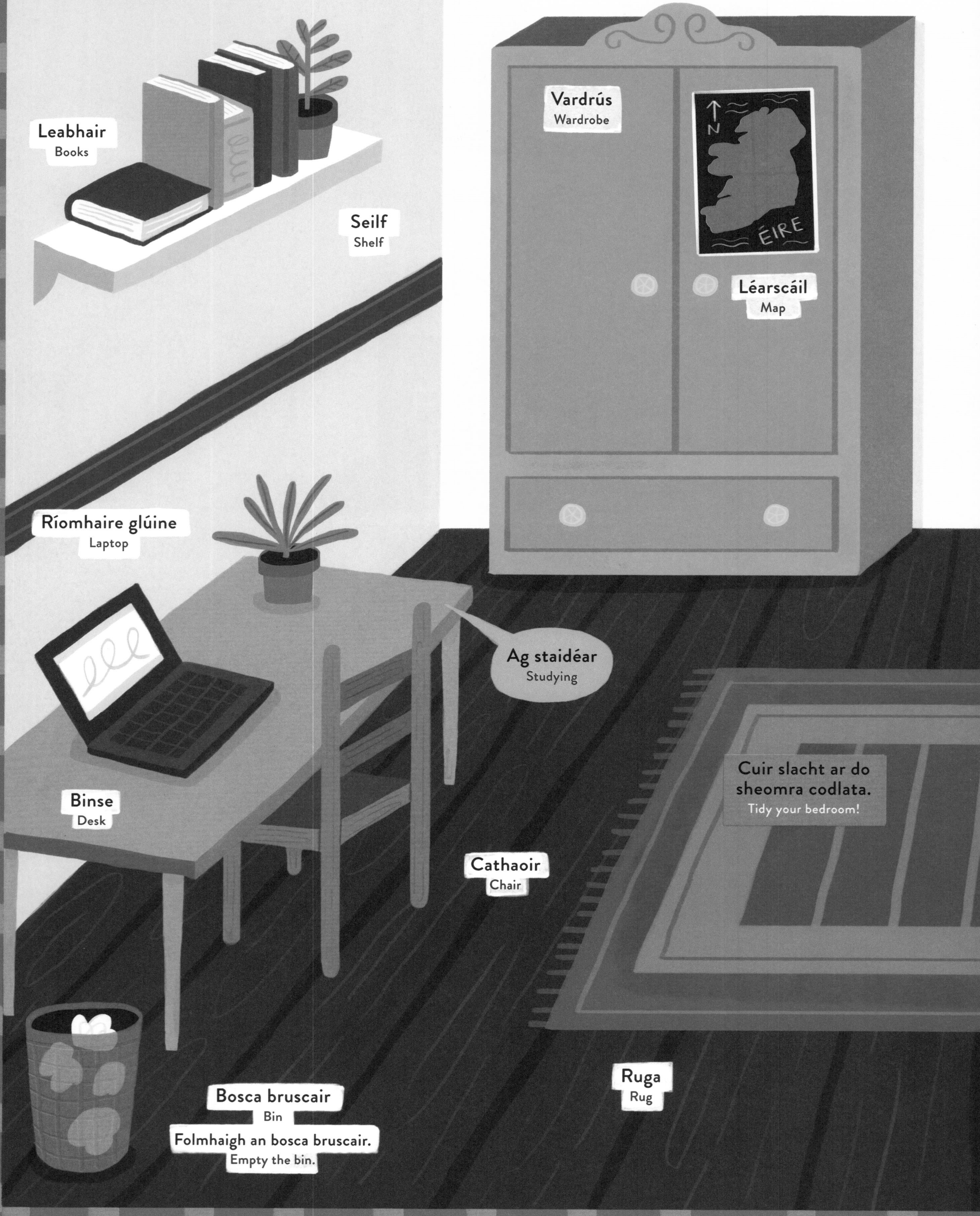

Leabhair
Books
Seilf
Shelf
Vardrús
Wardrobe
N
ÉIRE
Léarscáil
Map
Ríomhaire glúine
Laptop
Ag staidéar
Studying
Cuir slacht ar do sheomra codlata.
Tidy your bedroom!
Binse
Desk
Cathaoir
Chair
Ruga
Rug
Bosca bruscair
Bin
Folmhaigh an bosca bruscair.
Empty the bin.

Póstaer
Poster

Fuinneog
Window

Cuirtíní
Curtains

Dún na cuirtíní.
Close the curtains.

Clog aláraim
Alarm clock

Lampa
Lamp

Piliúr
Pillow

Bréagáin
Toys

Bord cois leapa
Bedside table

Teidí
Teddy bear

Blaincéad
Blanket

Slipéir
Slippers

An bhfuil na héadaí
seo glan nó salach?
Are these clothes clean or dirty?

Cóirigh do leaba.
Make your bed.

Ag codladh
Sleeping

Éadaí
Clothes

Leaba
Bed

21

DO CHUID ÉADAÍ A CHUR ORT

T-LÉINE
T-shirt

BRÍSTE
Trousers

VEIST
Vest

CULAITH
Suit

LÉINE
Shirt

SCIORTA
Skirt

GEANSAÍ
Jumper

BRÍSTE GAIRID
Shorts

BLÚS
Blouse

GEANSAÍ OLLA
Woolly jumper

BRÓGA
Shoes

DUNGARAITHE
Dungarees

CULAITH REATHA
Tracksuit

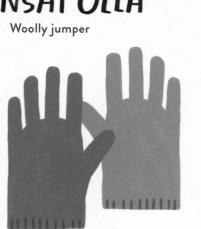

LÁMHAINNÍ
Gloves

CARBHAT
Tie

22

BRÓGA REATHA
Runners

SCAIF SHÍODA
Silk scarf

BUATAISÍ
Boots

SÁLA ARDA
High heels

HÚDAÍ
Hoody

SCAIF
Scarf

BRÍSTE GÉINE
Jeans

SEAICEÁD
Jacket

CÓTA
Coat

**HATA
BUACHAILL BÓ**
Cowboy hat

GÚNA
Dress

HATA
Hat

HATA ARD
Top hat

PILIRÍN
Pinafore

**CARBHAT
CUACHÓIGE**
Bowtie

STOCAÍ
Socks

CRIOS
Belt

GÚNA LÁSA
Lace dress

AN SEOMRA SUITE

Grianghraf
Photograph

Teilifíseán
Television

Lampa
Lamp

Múch an teilifís.
Turn off the television.

Bláthanna
Flowers

Consól cluichí
Games console

Bord íseal
Coffee table

Iris
Magazine

Vása
Vase

An miste leat/libh má athraím an cainéal?
Can I change the channel?

Blaincéad
Blanket

Cianrialtán
Remote control

Tolg
Sofa

Ag imirt físchluichí
Playing video games

Ag féachaint ar scannán
Watching a film

AN CHISTIN

Spíosraí
Spices

Luibheanna
Herbs

Ba mhaith liom tae!
I'd love some tea!

Caife
Coffee

Tae
Tea

Siúcra
Sugar

Sconna
Tap

Doirteal
Sink

Clár mionghearrtha
Chopping board

Citeal
Kettle

Babhla torthaí
Fruit bowl

Gránach
Cereal

Cuir síos an citeal.
Put the kettle on.

Cófra
Cupboard

Prócaí
Jars

Plúr
Flour

An nífidh tú na gréithe?
Will you wash the dishes?

Gréithe
Crockery

Friochtán
Frying pan

Crann fuinte
Rolling pin

Greadtóir
Whisk

Pota
Pot

Spúnóg adhmaid
Wooden spoon

Scian
Knife

Reoiteoir
Freezer

Cócaireán
Cooker

BAINNE
ARÁN
TORTHAÍ

Liosta siopadóireachta
Shopping list

Cuntar
Counter

Cuisneoir
Fridge

Oigheann
Oven

Tá an dinnéar réidh!
Dinner's ready!

Níl mé in ann teacht ar an scian mhór!
I can't find the big knife!

Féach sa chuisneoir.
Check the fridge.

AN SEOMRA BIA

The Dining Room

Ar mhaith leat a thuilleadh uisce?
Would you like more water?

Is é do shealsa é na gréithe a ní.
It's your turn to do the dishes.

Spúnóg
Spoon

Forc
Fork

Scian
Knife

Gloine
Glass

Naipcín
Napkin

Pláta
Plate

Is veigeatóir mé.
I'm a vegetarian.

Cupán
Cup

Babhla
Bowl

Cipíní itheacháin
Chopsticks

Fochupán
Saucer

Anlann
Sauce

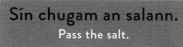

Sín chugam an salann.
Pass the salt.

Salann
Salt

Piobar
Pepper

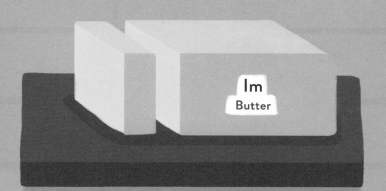

Go hálainn!
Lovely!

An-deas!
Very nice!

An-bhlasta!
Very tasty!

Im
Butter

Bricfeasta
Breakfast

Tá sé seo an-bhlasta!
This is delicious!

Lón
Lunch

Dinnéar
Dinner

Cé atá ag iarraidh milseoige?
Who wants dessert?

An céad chúrsa
Starter

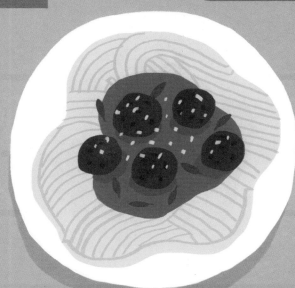

Príomhchúrsa
Main course

Milseog
Dessert

CÚRAIMÍ TÍ — Chores

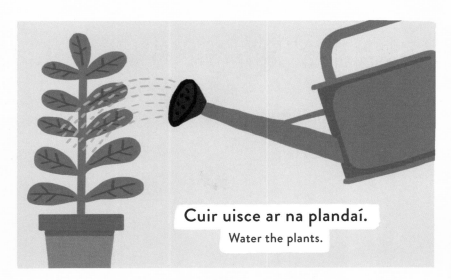

Cuir uisce ar na plandaí.
Water the plants.

Húvaráil an cairpéad.
Hoover the carpet.

Mapáil an t-urlár.
Mop the floor.

Sciúr na potaí.
Scrub the pans.

Iarnáil na héadaí.
Iron the clothes.

Fill an t-éadach nite.
Fold the laundry.

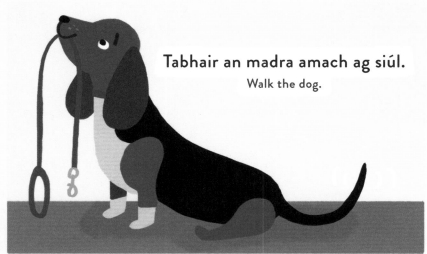

Tabhair an madra amach ag siúl.
Walk the dog.

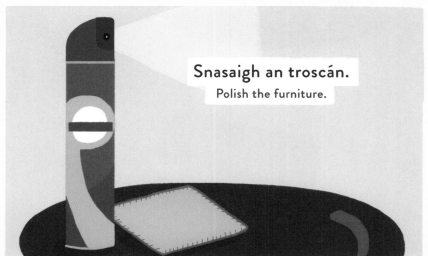

Snasaigh an troscán.
Polish the furniture.

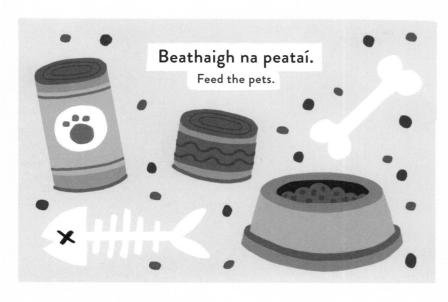

Beathaigh na peataí.
Feed the pets.

Scuab an clós.
Sweep the yard.

Gearr suas na glasraí.
Chop the vegetables.

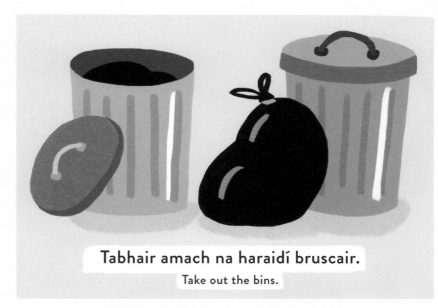

Tabhair amach na haraidí bruscair.
Take out the bins.

Bailigh an t-adhmad don tine.
Collect the firewood.

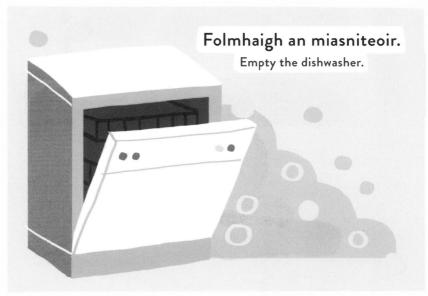

Folmhaigh an miasniteoir.
Empty the dishwasher.

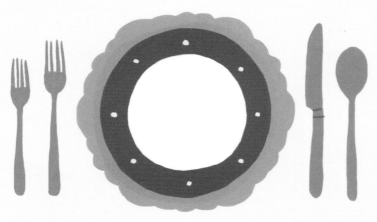

Leag an bord don dinnéar.
Set the table for dinner.

Lom an fhaiche.
Mow the lawn.

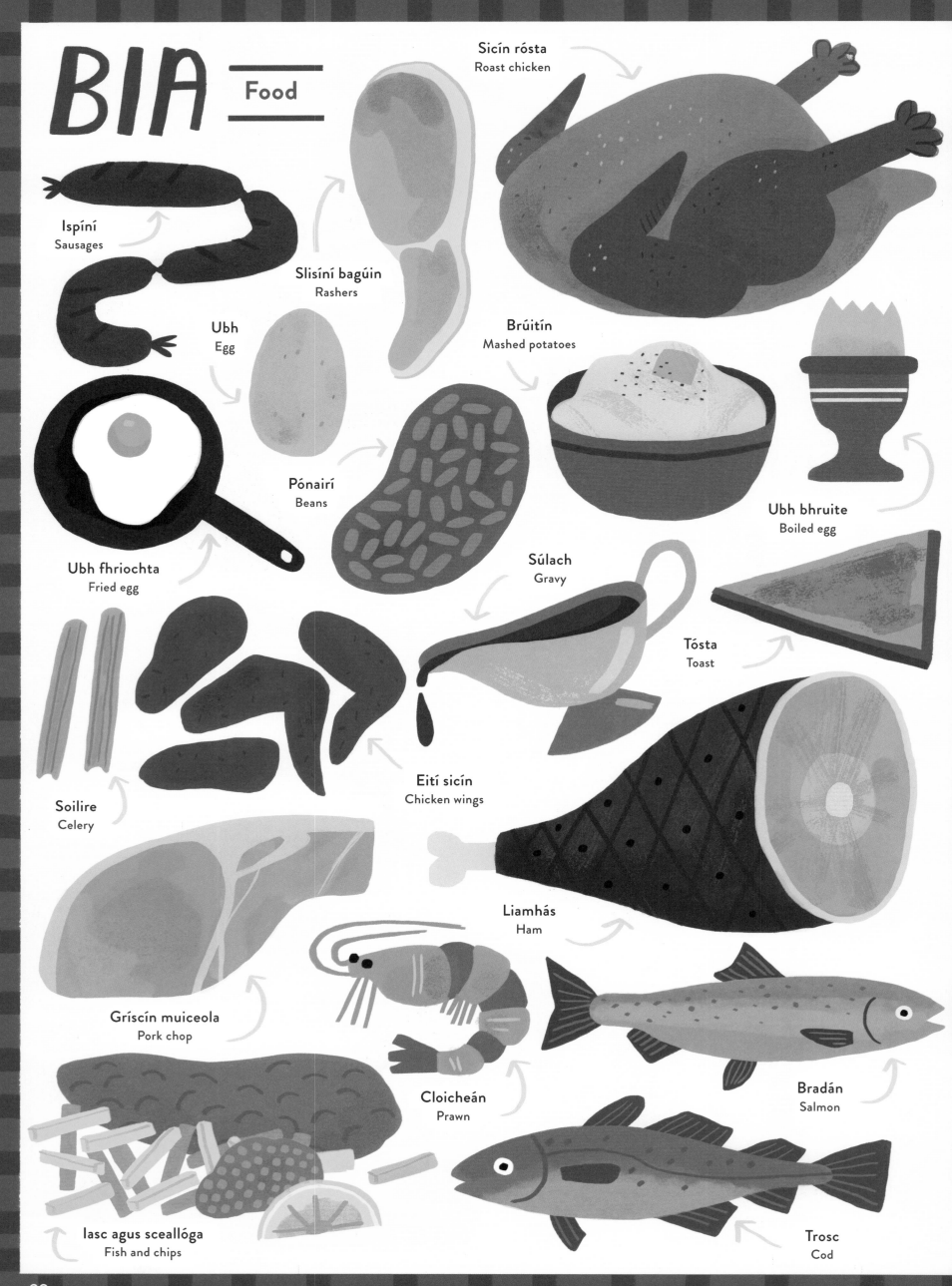

BIA — Food

Sicín rósta
Roast chicken

Ispíní
Sausages

Slisíní bagúin
Rashers

Ubh
Egg

Brúitín
Mashed potatoes

Pónairí
Beans

Ubh bhruite
Boiled egg

Ubh fhriochta
Fried egg

Súlach
Gravy

Tósta
Toast

Soilire
Celery

E60 sicín
Chicken wings

Liamhás
Ham

Gríscín muiceola
Pork chop

Cloicheán
Prawn

Bradán
Salmon

Iasc agus sceallóga
Fish and chips

Trosc
Cod

Uaineoil
Lamb

Mairteoil
Beef

Stobhach uaineola
Lamb stew

Píotsa
Pizza

Suaithfhriochadh
Stir-fry

Béile beir leat
Takeaway

Brocaire te
Hot dog

Anraith
Soup

Ceapaire
Sandwich

Curaí sicín
Chicken curry

Rís
Rice

Burgar
Burger

Cnónna
Nuts

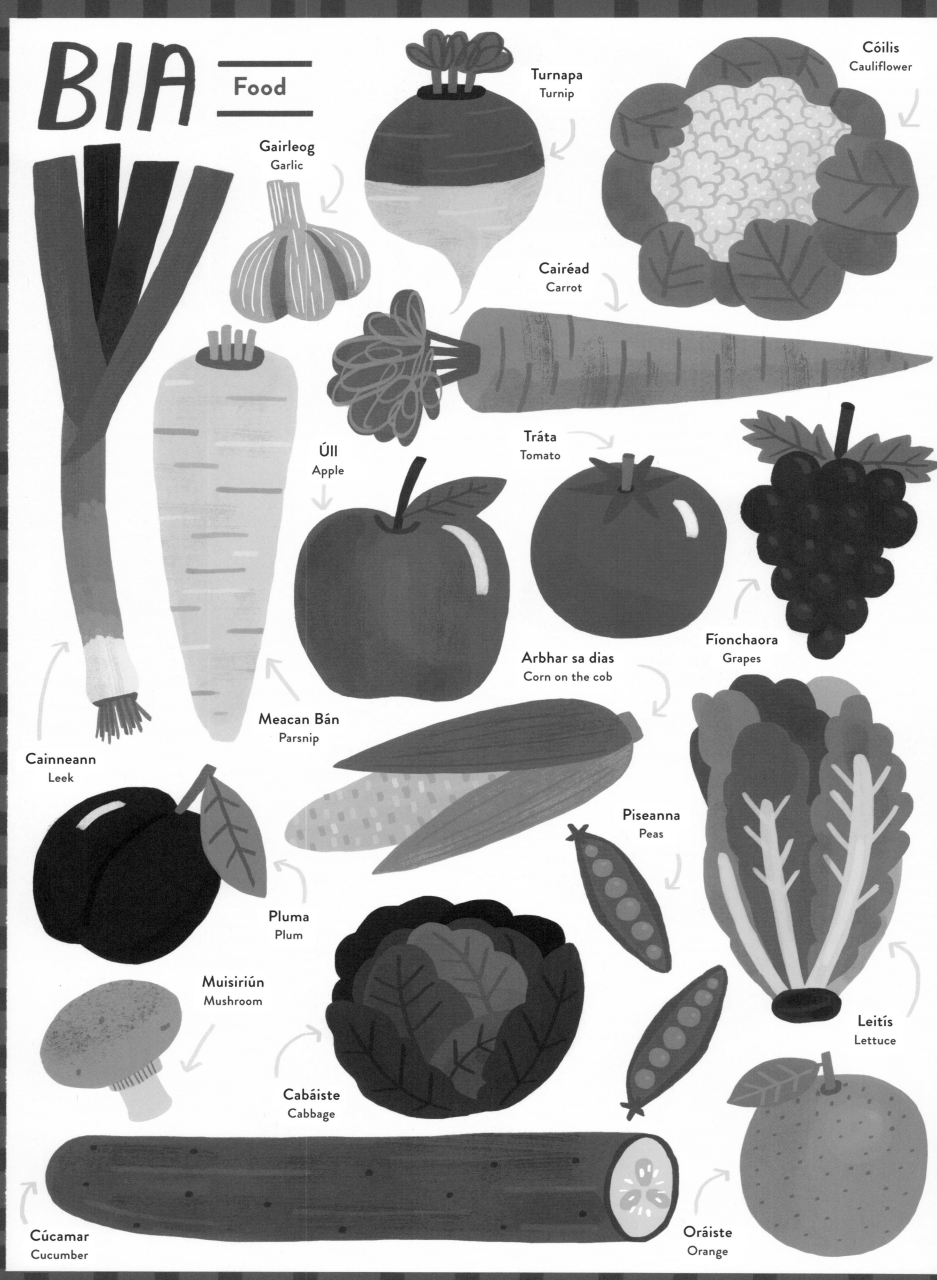

BIA

Food

Turnapa
Turnip

Cóilis
Cauliflower

Gairleog
Garlic

Cairéad
Carrot

Úll
Apple

Tráta
Tomato

Fíonchaora
Grapes

Arbhar sa dias
Corn on the cob

Meacan Bán
Parsnip

Cainneann
Leek

Piseanna
Peas

Pluma
Plum

Muisiriún
Mushroom

Cabáiste
Cabbage

Leitís
Lettuce

Cúcamar
Cucumber

Oráiste
Orange

Péitseog
Peach

Líomóid
Lemon

Cnó cócó
Coconut

Sméar dhubh
Blackberry

Sú talún
Strawberry

Sú craobh
Raspberry

Silíní
Cherries

Spíonán
Gooseberry

Cuiríní dubha
Blackcurrants

Taoschnó
Doughnut

Glóthach
Jelly

Uachtar reoite
Ice cream

Líreacán
Lollipop

Criospaí
Crisps

Milseáin
Sweets

Briosca
Biscuit

AN GAIRDÍN

The Garden

Nead
Nest

Spideog
Robin

Lasair choille
Goldfinch

Sconsa
Fence

Sionnach
Fox

Beárbaiciú
Barbecue

Sabhaircín
Primrose

An fhaiche
The lawn

Linn
Pond

Gráinneog
Hedgehog

Cosán
Path

Frog
Frog

Coinnle corra
Bluebell

Iasc órga
Goldfish

Torbáin
Tadpoles

Glóthach froig
Frogspawn

Seilide
Snail

Tá na héin ag cantain.
The birds are singing.

Smólach
Thrush

Féileacán
Butterfly

Préachán
Crow

Fál
Hedge

Tá an gairdín ag féachaint go hiontach!
The garden is looking wonderful!

Teach gloine
Greenhouse

Rósóg
Rosebush

Sluasaid
Shovel

Ráca
Rake

Péist
Worm

Bord éan
Bird table

Nóinín
Daisy

Meantán
Tit

Damhán alla
Spider

Lus an chromchinn
Daffodil

Lus mór
Foxglove

Neantóg
Nettle

Cam an ime
Buttercup

Caisearbhán
Dandelion

37

AR FUD AN BHAILE

Siopa
Shop

Bácús
Bakery

Ceannaí éisc
Fishmonger

Banc
Bank

Stáisiún na nGardaí
Garda station

Soilse tráchta
Traffic lights

Búistéir
Butcher

Bialann
Restaurant

Teach tábhairne
Pub

SCANNÁIN NUA

Oifig an Phoist
Post Office

OIFIG AN PHOIST

Páirc
Park

Pictiúrlann
Cinema

Tá sé timpeall an chúinne.
It's around the corner.

Eaglais
Church

Sionagóg
Synagogue

Mosc
Mosque

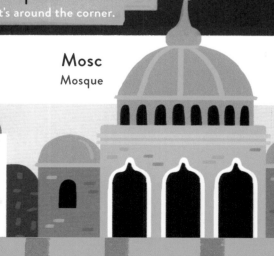

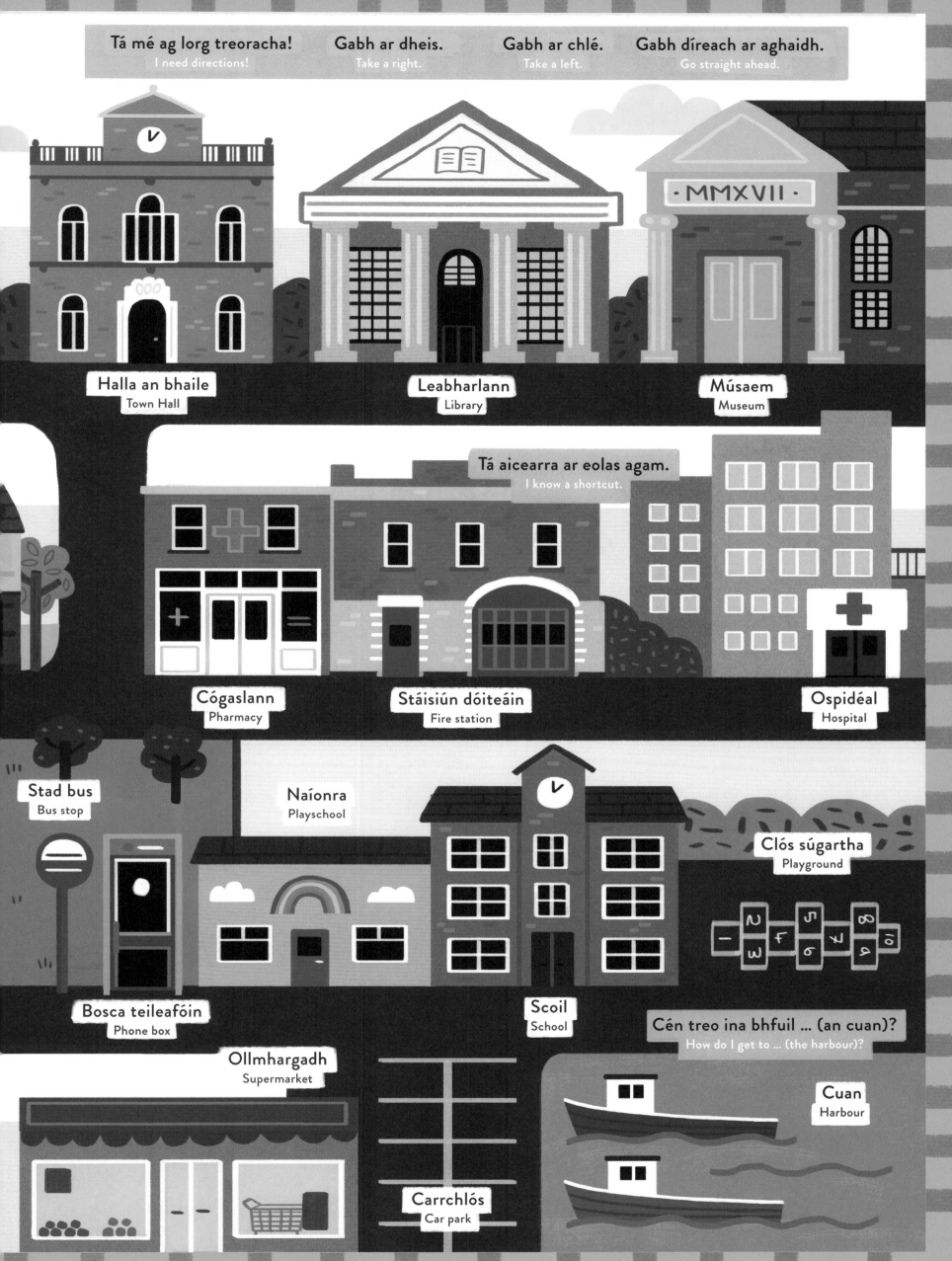

MIONCHOMHRÁ

Cad as duit?
Where are you from?

Is as an Iodáil mé.
I'm from Italy.

I ndáiríre? Tá sin thar barr!
Oh really? That's cool!

Cén obair a dhéanann tú?
What do you do?

Is tiománaí mé
I'm a driver.

Spéisiúil!
Interesting!

An bhfuil tú i do chónaí anseo le fada?
Have you lived here long?

Bhog mé anseo le déanaí.
I just moved here recently.

An dtaitníonn an áit leat?
Do you like the place?

Ar bhuail mé leat cheana?
Have I met you before?

An bhfuil aithne agat ar mo dheartháir?
Do you know my brother?

DIA DUIT!
Cáit
...IS AINM DOM

Cad is ainm duit?
What's your name?

An bhfaca tú an cluiche aréir?
Did you see the match last night?

Chonaic! Bua iontach a bhí ann.
I did! What a triumph.

**Chonaic! Bhí díomá
an domhain orm.**
I did! What a disappointment.

**Is breá liom do ghúna.
Cá bhfuair tú é?**
I love your dress. Where did you get it?

**Fuair mé mar bhronntanas
é ó mo chara.**
It was a gift from my friend.

An bhfaca tú an nuacht inniu?
Did you see the news today?

Conas atá an aimsir?
What's the weather like?

Tá an aimsir go holc inniu.
The weather is miserable today.

**An bhfuil aon rud beartaithe agat
don deireadh seachtaine?**
Are you doing anything for the weekend?

Ar léigh tú aon leabhar maith le déanaí?
Have you read any good books lately?

Cén t-am é?
What time is it?

Nach bhfuil an aimsir go hálainn?
Nice weather we're having.

AG AN SIOPA

Cé mhéad atá air seo?
How much is this?

Cá bhfuil an bia madraí?
Where is the dog food?

Tá trí úll agus dhá oráiste uaim.
Could I have three apples and two oranges?

Saor-reic!
On sale!

Níl mé ach ag amharc thart.
I'm just browsing.

An bhféadfainn íoc le cárta creidmheasa?
Can I pay with a credit card?

An mbeidh sibh ar oscailt amárach?
Are you open tomorrow?

Cén t-am a ndúnann sibh inniu?
What time do you close today?

Scipéad
Cash register

Admháil
Receipt

Siopadóir
Shopkeeper

Ciseán
Basket

Is gá dom roinnt cadhnraí a cheannach.
I need to buy some batteries.

Tá sé sin costasach.
That's expensive.

Margadh iontach atá ann.
That's great value.

Sóinseáil
Change

42

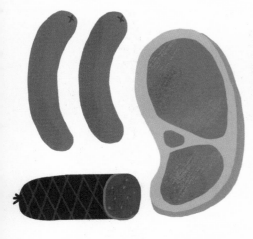

Feoil
Meat

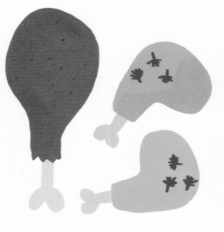

Éineoil
Poultry

Bia déiríochta
Dairy foods

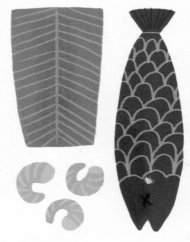

Iasc
Fish

Glasraí
Vegetables

Torthaí
Fruit

Arán
Bread

Bia reoite
Frozen food

Earraí maisiúcháin
Toiletries

Brícíní móna
Briquettes

Earraí glantacháin
Cleaning products

Gual
Coal

Deochanna boga
Soft drinks

Borróga
Buns

Cístí
Cakes

Subh
Jam

SPÓRT

Sport

Rugbaí
Rugby

Iománaíocht / Camógaíocht
Hurling / Camogie

Sacar
Soccer

Liathróid láimhe
Handball

Leadóg
Tennis

Leadóg bhoird
Table tennis

Haca
Hockey

Snámh
Swimming

Peil Ghaelach
Gaelic football

Dornálaíocht
Boxing

Cluiche scuaise
Squash

Gleacaíocht
Gymnastics

Haca oighir
Ice hockey

Rith
Running

Cispheil
Basketball

Scátáil fhíorach
Figure skating

Cruicéad
Cricket

Sciáil
Skiing

Daorchluiche
Baseball

Lúthchleasaíocht
Athletics

Rothaíocht
Cycling

Lannrolláil
Rollerblading

Surfáil
Surfing

Seoltóireacht
Sailing

Rámhaíocht
Rowing

Snúcar
Snooker

Iomrascáil
Wrestling

Clárscátáil
Skateboarding

Eitpheil
Volleyball

45

AG AN gCLUICHE

At the Match

Leath-am
Half-time

Lán-am
Full-time

Am breise
Extra time

An chéad leath
First half

An dara leath
Second half

Cúl báire
Goalkeeper

Sábháil
Save

Cárta buí
Yellow card

Cárta dearg
Red card

Fuair sí cárta.
She was booked.

Cic amach
Goal kick

Réiteoir
Referee

Cuaillí
Goalposts

Ardán
Stand

Taobhlíne
Sideline

Cúl
Goal

Páirc
Pitch

Captaen na foirne
Team captain

Corn
Trophy

Tosaí
Forward

Cosantóir
Defender

Thug sé iarraidh ar an gcúl.
He took a shot at the goal.

Tráchtaire spóirt
Commentator

Cluiche de dhá leath a bhí ann.
It was a game of two halves.

Cúl iontach!
What a goal!

Dochreidte!
Unbelievable!

Cúl i d'éadan féin Own goal	**Caitheamh isteach** Throw-in
Pointe Point	**Cic saor / poc saor** Free (football / hurling)
Láimhseáil Handball	**Calaois** Foul
Cic éirice Penalty	**Buille cinn** Header
Lámh amháin One hand	**Tréchleas** Hat-trick
Cluiche ceannais Final	**Poc sleasa** Sideline cut

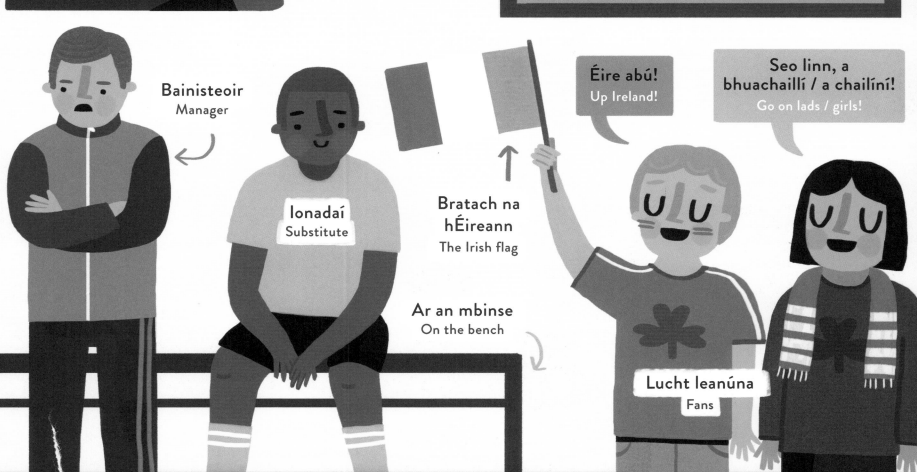

Bainisteoir
Manager

Ionadaí
Substitute

Bratach na hÉireann
The Irish flag

Ar an mbinse
On the bench

Éire abú!
Up Ireland!

Seo linn, a bhuachaillí / a chailíní!
Go on lads / girls!

Lucht leanúna
Fans

AN AIMSIR
The Weather

Aimsir bhrothallach
Hot weather

Aimsir mhaith
Fine weather

Drochaimsir
Bad weather

Grianmhar
Sunny

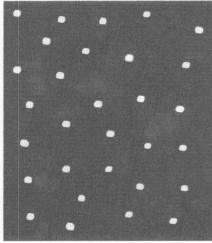

Sneachta
Snow

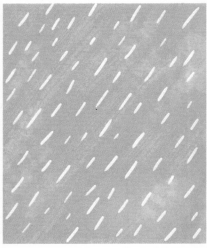

Flichshneachta
Sleet

Néalta
Clouds

Ceathanna
Showers

Gaofar
Windy

Clocha sneachta
Hailstones

Tuar ceatha
Rainbow

Stoirm
Storm

Lá breá gréine
Sunny day

Lá fliuch
Rainy day

Sioctha Freezing	Fuar Cold	Bogthe Warm	Te Hot

Scáth fearthainne
Umbrella

Scamall báistí
Rain cloud

Scamall dorcha
Storm cloud

Clagarnach bháistí
Lashing rain

Toirneach agus tintreach
Thunder and lightning

Séasúr na báistí
Rainy season

Ceomhar
Foggy

Scamallach
Overcast

Fliuch
Wet

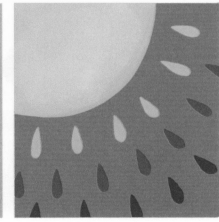

Tais
Humid

Bhí an ghrian ag scoilteadh na gcloch.
The sun was splitting the rocks.

Tá sé ag stealladh báistí.
It's raining buckets.

Tá mé fliuch báite!
I'm drenched!

AR AN bhFEIRM

On the Farm

Ráib
Oilseed rape

Coirce
Oats

Cruithneacht
Wheat

Eorna
Barley

Caora
Sheep

Tréad caorach
A flock of sheep

Madra caorach
Sheepdog

Bó
Cow

Uan
Lamb

Tarbh mór
Big bull

Teach feirme
Farmhouse

Fál leictreach
Electric fence

Coileach
Rooster

Tarracóir
Tractor

Lacha
Duck

Sicín
Chick

Cearc
Hen

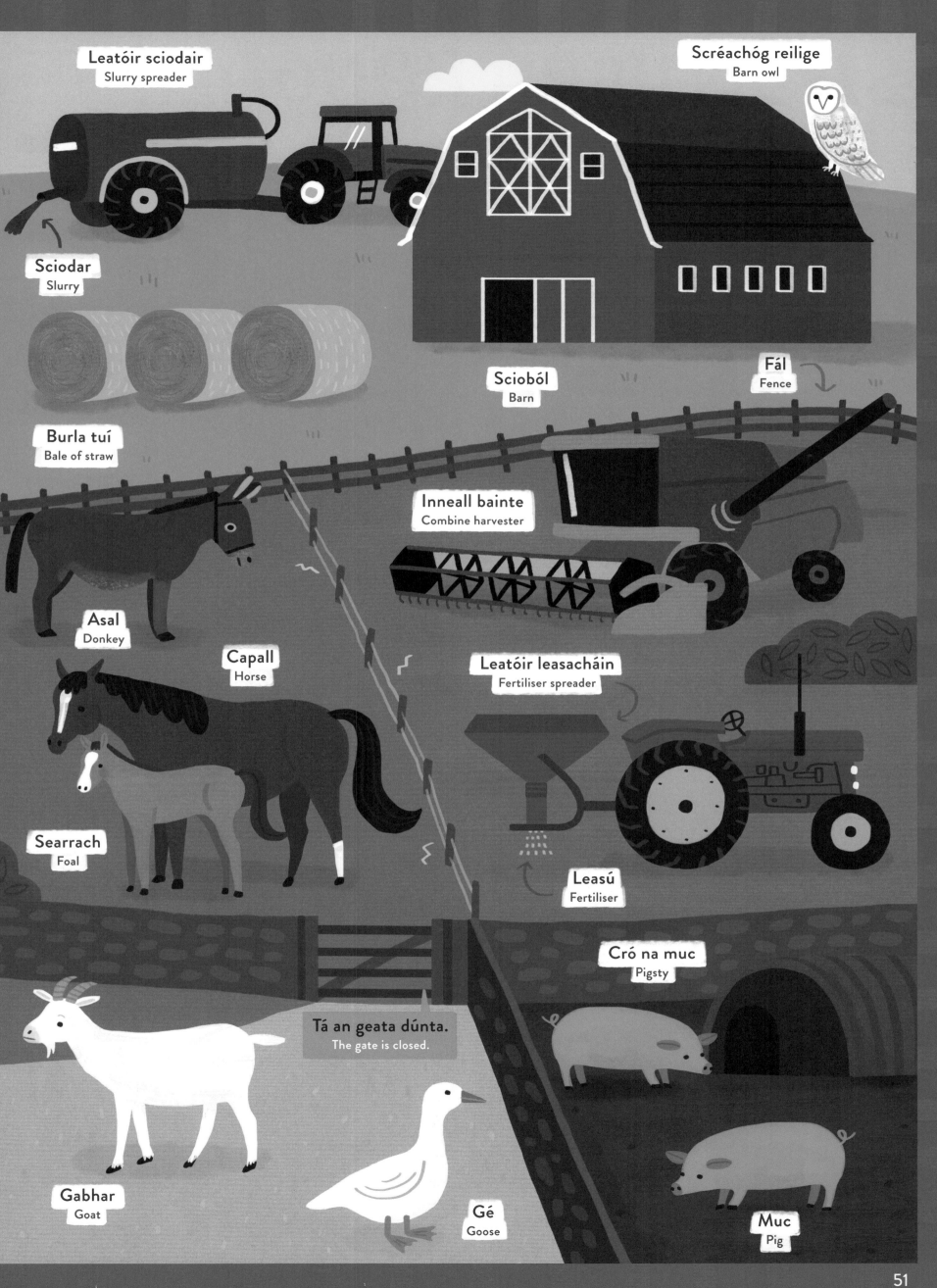

Leatóir sciodair
Slurry spreader

Scréachóg reilige
Barn owl

Sciodar
Slurry

Scioból
Barn

Fál
Fence

Burla tuí
Bale of straw

Inneall bainte
Combine harvester

Asal
Donkey

Capall
Horse

Leatóir leasacháin
Fertiliser spreader

Searrach
Foal

Leasú
Fertiliser

Cró na muc
Pigsty

Tá an geata dúnta.
The gate is closed.

Gabhar
Goat

Gé
Goose

Muc
Pig

SA SEOMRA RANGA

In the Classroom

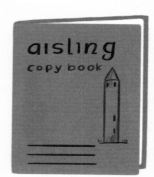

Clár dubh / Clár bán
Blackboard / Whiteboard

Rialóir
Ruler

Cailc
Chalk

Marcóir
Marker

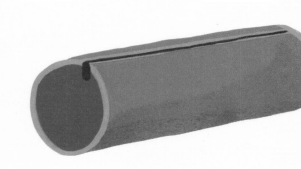

Peann
Pen

Peann luaidhe
Pencil

Scriosán
Rubber

Cóipleabhar
Copybook

Péint
Paint

Bioróir
Sharpener

Áireamhán
Calculator

Cás peann luaidhe
Pencil case

Ciorcal — Circle
Triantán — Triangle
Dronuilleog — Rectangle
Cearnóg — Square

ABCDEFG
HIJKLMN
OPQRSTU
VWXYZ

Marla
Plasticine

Siosúr
Scissors

Cruthanna
Shapes

Aibítir
Alphabet

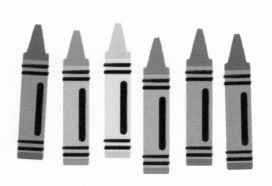

Bosca lóin
Lunchbox

Criáin
Crayons

Cruinneog
Globe

Mála scoile
Schoolbag

Ag léamh
Reading

AaBbCc

Ag scríobh
Writing

3 + 7 = 10

Ag déanamh
suimeanna
Doing sums

Cuir suas do lámh
mura dtuigeann tú.
Raise your hand if you
don't understand.

Ní thuigim.
I don't understand.

Tuigim anois!
Go raibh maith agat.
Now I understand! Thank you.

An bhfuil cead agam
dul go dtí an leithreas?
Can I go to the bathroom?

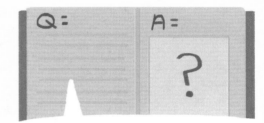
Tá cabhair ag teastáil uaim leis seo.
I need help with this.

Tá ceist agam duit.
I have a question.

ÁBHAIR SCOILE — School Subjects

Matamaitic
Maths

Stair
History

Gaeilge
Irish

Béarla
English

Tíreolaíocht
Geography

Eolaíocht
Science

Corpoideachas
PE

Creideamh
Religion

Ealaín
Art

Ceol
Music

AN CLÓS SÚGARTHA

Cleas na bacóide
Hopscotch

Sleamhnán
Slide

Luascáin
Swings

Láib
Mud

Roithleagán ró
Merry-go-round

Fonsa
Hoop

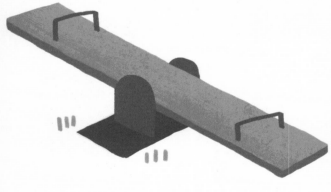

Crandaí bogadaí
Seesaw

Binse
Bench

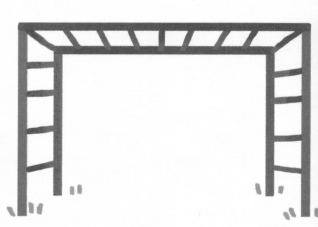

Barraí moncaí
Monkey bars

Mo shealsa!
My turn!

Tugaim do dhúshlán!
I dare you!

Leaisteanna! Do shealsa!
Tag! You're it!

Linntreog
Puddle

Folach bíog
Hide-and-seek

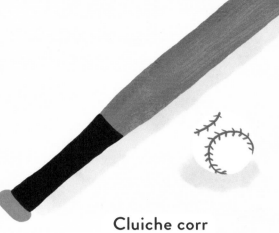

Cluiche corr
Rounders

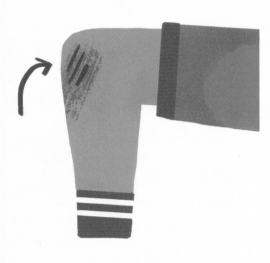

Scríob sé a ghlúin.
He grazed his knee.

Muicín sa lár
Piggy in the middle

Lacha, lacha, gé
Duck, duck, goose

Ag imirt cluiche tóraíochta
Playing chase

Ag roghnú na bhfoirne
Picking teams

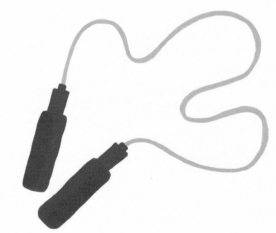

Téad scipeála
Skipping rope

An clog
The bell

Pasáil chugamsa!
Pass to me!

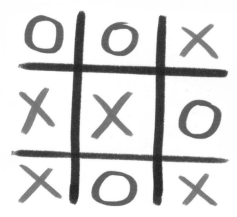

An madra rua agus an ghé
Noughts and crosses

CEOL

Is é (popcheol) an saghas ceoil is fearr liom.
My favourite type of music is (pop music).

Ceol tíre
Country music

Rap-cheol
Rap music

Rac-cheol
Rock music

Ceol traidisiúnta
Trad music

Ceol damhsa
Dance music

Ceol clasaiceach
Classical music

Seinnim an giotár.
I play the guitar.

Ba mhaith liom ceachtanna bodhráin a dhéanamh.
I want to take bodhran classes.

Bhí an-chraic sa ghig.
The gig was great fun.

Ar mhaith leat bheith i mo bhanna ceoil?
Do you want to join my band?

Bíonn cleachtadh ag a cór gach seachtain.
Her choir practises every week.

Tá an cheolfhoireann go hiontach.
The orchestra is wonderful.

GLÉASANNA CEOIL

Instruments

Pianó
Piano

Bosca ceoil
Accordion

Veidhlín
Violin

Fliúit Shasanach
Recorder

Orgán béil
Harmonica

Feadóg mhór
Flute

Feadóg stáin
Tin whistle

Triantán
Triangle

Trumpa
Trumpet

Bainseó
Banjo

Druma
Drum

Xileafón
Xylophone

Méarchlár
Keyboard

Giotár
Guitar

Amhránaíocht
Singing

Sacsafón
Saxophone

Cruit
Harp

Dordveidhil
Cello

AR AN MBÓTHAR

Dul ar thuras sa charr.
Going on a drive.

Carr
Car

Sliabh
Mountain

Leoraí
Lorry

Stáisiún peitril
Petrol station

Carr Gardaí
Garda car

Rothar
Bicycle

Leoraí altach
Articulated truck

Otharcharr
Ambulance

Bus dhá urlár
Double-decker bus

Mótarbhealach
Motorway

Tochaltóir
Digger

Oibreacha bóthair
Roadworks

Gluaisrothar
Motorcycle

Tacsaí
Taxi

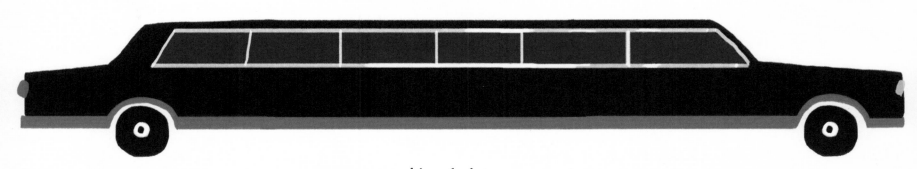

Liomó sínte
Stretch limo

Coill
Wood

Leantóir
Trailer

Abhainn
River

Carbhán
Caravan

Droichead
Bridge

Comhartha bóthair
Road sign

Briogáid dóiteáin
Fire brigade

Timpeallán
Roundabout

AR SAOIRE

On Holidays

Laethanta saoire
Holidays

Eitleán
Aeroplane

Líreacán reoite
Ice lolly

Bhí an tsaoire thar barr.
The holiday was wonderful.

Anann
Pineapple

Spéaclaí gréine
Sunglasses

Caisleán gainimh
Sandcastle

Faoileán
Seagull

Liathróid trá
Beachball

Ceamara
Camera

Cá bhfuil mo thuáille trá?
Where is my beach towel?

Tuáille trá
Beach towel

Bríste snámha
Swimming trunks

Dó gréine
Sunburn

Aerfort
Airport

Pas
Passport

Cárta poist
Postcard

Cás
Suitcase

Thug mé cuimhneachán abhaile liom.
I brought home a souvenir.

Sliogán
Shell

Hata gréine
Sun hat

Culaith shnámha
Swimming costume

Uachtar gréine
Sun cream

Cathaoir dheice
Deckchair

Cuarán
Sandal

Grianadh
Sunbathing

Tumadóireacht scúba
Scuba diving

SA CHATHAIR

Lár na Cathrach
City Centre

Trambhealach
Tramway

Ilstórach spéire
Skyscraper

Toitcheo
Smog

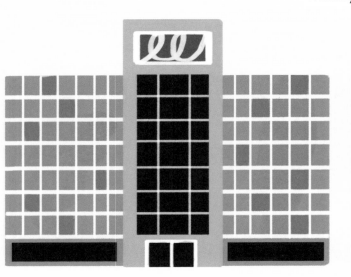

Bloc oifigí
Office block

Dealbh
Statue

Óstán
Hotel

Stad tacsaithe
Taxi rank

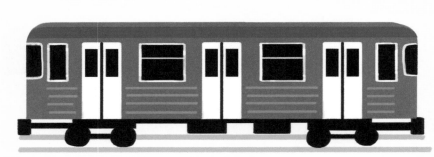

Traein faoi thalamh
Underground train

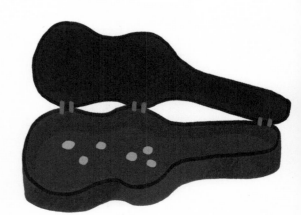

Ceoltóir sráide
Busker

Ardeaglais
Cathedral

Gailearaí
Art gallery

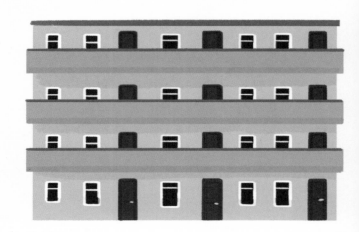

Bloc árasán
Apartment block

Monarcha
Factory

Amharclann
Theatre

Bus abhann
River bus

Stáisiún traenach
Train station

Comhartha neoin
Neon sign

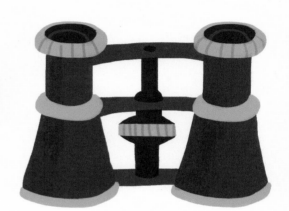

Áras ceoldrámaíochta
Opera house

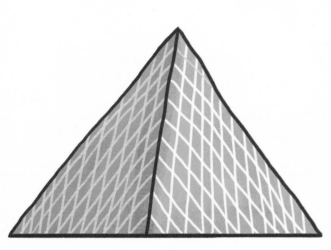

An Louvre, Páras
The Louvre, Paris

Dealbh na Saoirse, Nua-Eabhrac
Statue of Liberty, New York

An Colasaem, an Róimh
The Colosseum, Rome

An Teach Bán, Washington, DC
The White House, Washington, DC

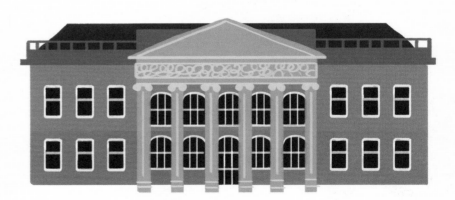

Ard-Oifig an Phoist, Baile Átha Cliath
General Post Office, Dublin

AN ZÚ

The Zoo

Leon
Lion

Tíogar
Tiger

Ialtóg
Bat

Laghairt
Lizard

Bí cúramach!
Be careful!

Ná tabhair bia do na hainmhithe.
Don't feed the animals.

Mac tíre
Wolf

Moncaí
Monkey

Nathair
Snake

Pearóid
Parrot

Tá said go hálainn!
They are lovely!

Oisín
Fawn

Eilifint
Elephant

Fia
Deer

Lasairéan
Flamingo

Iolar
Eagle

Uibheacha ostraise
Ostrich eggs

Ostrais
Ostrich

Rosualt
Walrus

AN ZÚ

The Zoo

Béar
Bear

> Á, nach bhfuil sé gleoite?
> Ah, isn't it cute?

Panda rua
Red panda

Piongain
Penguin

Sioráf
Giraffe

Coileán béir
Bear cub

Sicín
Chick

Mór-rón
Sea lion

Séabra
Zebra

> Cén t-am a mbeidh
> na rónta á gcothú?
> What time will the seals be fed?

Síota
Cheetah

Dobhareach
Hippopotamus

Is é an síota an mamach is tapúla.
The cheetah is the fastest mammal.

Madra uisce
Otter

Srónbheannach
Rhinoceros

Is ainmhithe fiánta iad na crogaill.
Crocodiles are fierce animals.

Cangarú
Kangaroo

Crogall
Crocodile

AG INSINT SCÉIL

Scéal greannmhar
Funny story

Scéal grá
Love story

Scéal taibhsí
Ghost story

Tráth dá raibh …
Once upon a time …

Fadó, fadó …
Long, long ago …

Bhí seanbhean ann fadó …
There was once an old woman …

Is mar seo atá an scéal …
The story goes like this …

Mhúscail sé de gheit.
He woke up with a jump.

Ní raibh ann ach brionglóid!
It was only a dream!

In Éirinn atá an scéal suite.
The story is set in Ireland.

Tharla sé seo i bhfad i bhfad ó shin.
This happened a long time ago.

Ní chreidfeá céard a tharla!
You wouldn't believe what happened!

I bhfad na haimsire ...
Eventually ...

Faoi dheireadh ...
At long last ...

**Ní fhéadfadh sí é
a chreidiúint!**
She couldn't believe her eyes!

Go tobann ...
Suddenly ...

**Tá an scéal seo dochreidte
amach is amach.**
This story is astonishing.

Fíorscéal atá ann.
It's a true story.

Tá scéal agam duit.
I have a story for you.

Is maith mar a tharla.
The story had a happy ending.

I bhfad, i bhfad ó bhaile ...
Far, far away ...

Tá ceacht le baint as an scéal.
There is a moral to the story.

An fíor an scéal sin?
Is that story true?

Sin deireadh an scéil!
That's the end of the story!

DAOINE — People

Nuair a fhásfaidh mé suas, ba mhaith liom a bheith i mo …
When I grow up, I would like to be a …

Dochtúir
Doctor

Múinteoir
Teacher

Innealtóir
Engineer

Tréidlia
Vet

Rí
King

Cnáimhseach
Midwife

Dlíodóir
Lawyer

Taiscéalaí
Explorer

Ailtire
Architect

Breitheamh
Judge

Saighdiúir
Soldier

Gadaí
Robber

70

Údar
Author

Feirmeoir
Farmer

Cócaire
Chef

Mairnéalach
Sailor

marcach
Jockey

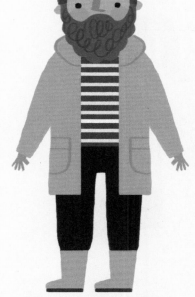

Iascaire
Fisherman

Gruagaire
Hairdresser

Tiománaí
Driver

Iomám
Imam

Banríon
Queen

Eolaí
Scientist

Fiaclóir
Dentist

DAOINE 

DALTA
Student

Garraíodóir
Gardener

SAGART
Priest

CORPFHORBRÓIR
Bodybuilder

TÓGÁLAÍ
Builder

AISTEOIR
Actor

RÉITEOIR
Referee

RAIBÍ
Rabbi

GRIANGHRAFADÓIR
Photographer

SPÁSAIRE
Astronaut

DIOSCMHARCACH
DJ

SIÚINÉIR
Carpenter

72

Áilteoir

Clown

Uachtarán

President

TURASÓIR

Tourist

Máinlia

Surgeon

BANALTRA

Nurse

CEAPADÓIR

Inventor

TÁILLIÚIR

Tailor

SPIAIRE

Spy

BEAN RIALTA

Nun

PÍOLÓTA

Pilot

EALAÍONTÓIR

Artist

COMHRAICEOIR TINE

Firefighter

73

CAITHEAMH AIMSIRE

Ficheall
Chess

Bróidnéireacht
Embroidery

Grianghrafadóireacht
Photography

Garraíodóireacht
Gardening

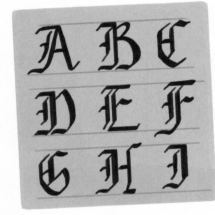

Callagrafaíocht
Calligraphy

Dul ag campáil
Camping

Ag cniotáil
Knitting

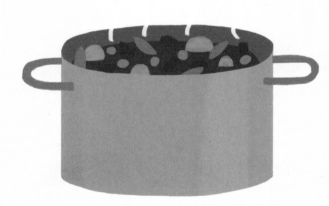

Cócaireacht
Cooking

Léitheoireacht
Reading

Líníocht
Drawing

Iascaireacht
Fishing

Ag bailiú bonn
Coin-collecting

Snámh
Swimming

Ag faire ar éin
Birdwatching

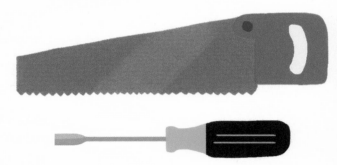

Adhmadóireacht
Woodworking

Ag bailiú stampaí
Stamp-collecting

Potaireacht
Pottery

Damhsa
Dancing

Caitheamh saighead
Playing darts

Réalteolaíocht
Astronomy

Cearrbhachas
Gaming

Cluichí cláir
Board games

Ag éisteacht le ceol
Listening to music

Gasógaíocht
Scouting

TIMPEALL AN DOMHAIN

Around the World

An Ghraonlainn
Greenland

MEIRICEÁ THUAIDH
North America

Albain
Scotland

An Laitvia
Latvia

An Danmhairg
Denmark

An Liotuáin
Lithuania

An Bhreatain Bheag
Wales

An Pholainn
Poland

An Ísiltír
The Netherlands

Ceanada
Canada

Éire
Ireland

Sasana
England

An tSlóvaic
Slovakia

An Ghearmáin
Germany

An Rómáin
Romania

An Ungáir
Hungary

Stáit Aontaithe Mheiriceá
United States of America

An Fhrainc
France

Poblacht na Seice
Czech Republic

An Phortaingéil
Portugal

An Iodáil
Italy

An Ghréig
Greece

An Spáinn
Spain

Meicsiceo
Mexico

Veiniséala
Venezuela

MEIRICEÁ LÁIR
Central America

An Bhrasaíl
Brazil

Peiriú
Peru

An tAigéan Atlantach
Atlantic Ocean

An tAigéan Ciúin
Pacific Ocean

An tSile
Chile

An Airgintín
Argentina

MEIRICEÁ THEAS
South America

AN tANTARTACH
The Antarctic

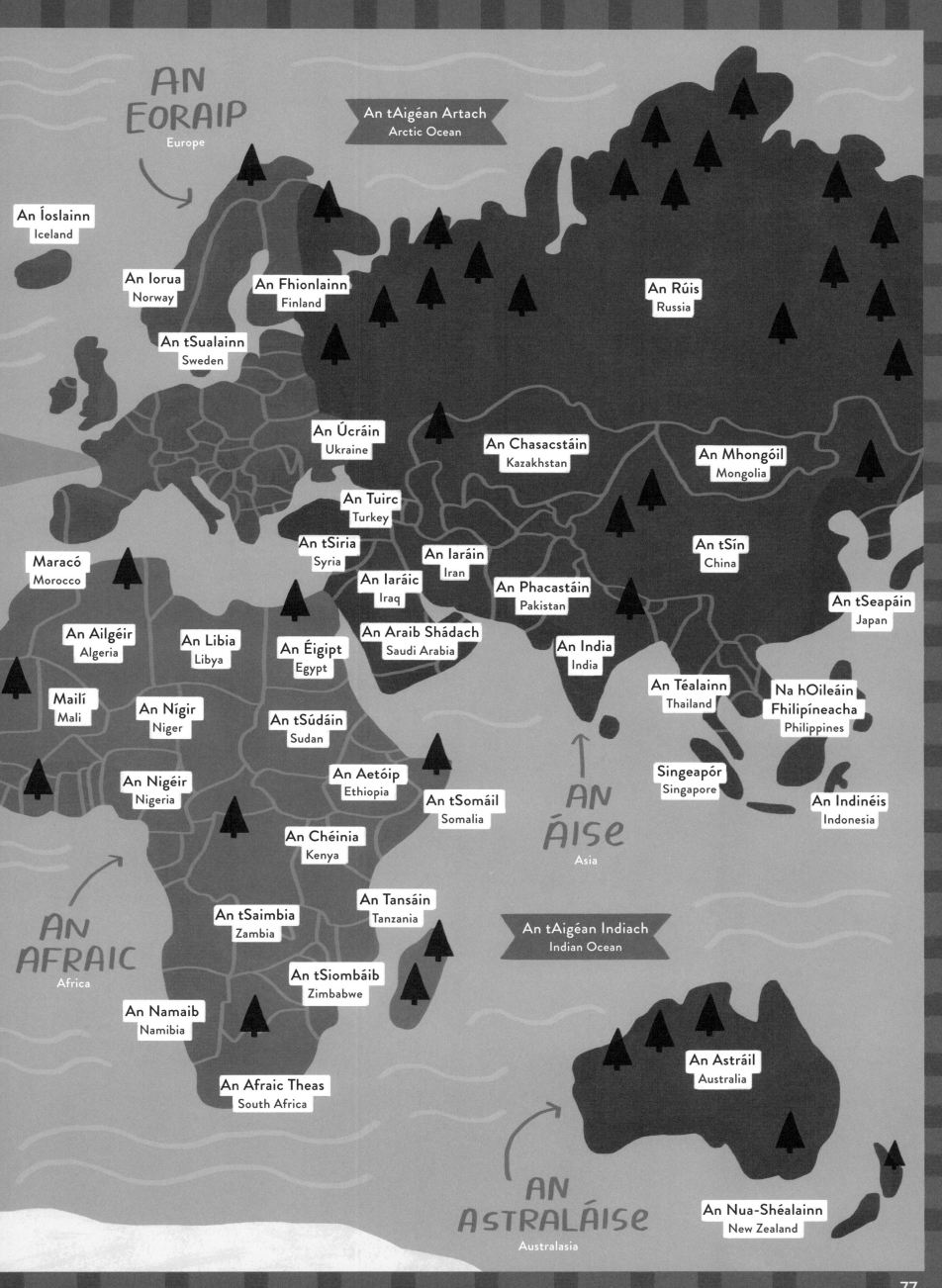

AN
EORAIP
Europe

An tAigéan Artach
Arctic Ocean

An Íoslainn
Iceland

An Iorua
Norway

An Fhionlainn
Finland

An tSualainn
Sweden

An Rúis
Russia

An Úcráin
Ukraine

An Chasacstáin
Kazakhstan

An Mhongóil
Mongolia

An Tuirc
Turkey

An tSiria
Syria

An Iaráin
Iran

An tSín
China

An Iaráic
Iraq

An Phacastáin
Pakistan

An tSeapáin
Japan

Maracó
Morocco

An Araib Shádach
Saudi Arabia

An India
India

An Ailgéir
Algeria

An Libia
Libya

An Éigipt
Egypt

An Téalainn
Thailand

Na hOileáin
Fhilipíneacha
Philippines

Mailí
Mali

An Nígir
Niger

An tSúdáin
Sudan

Singeapór
Singapore

An Indinéis
Indonesia

An Nigéir
Nigeria

An Aetóip
Ethiopia

AN
ÁISE
Asia

An tSomáil
Somalia

An Chéinia
Kenya

AN
AFRAIC
Africa

An Tansáin
Tanzania

An tAigéan Indiach
Indian Ocean

An tSaimbia
Zambia

An tSiombáib
Zimbabwe

An Namaib
Namibia

An Astráil
Australia

An Afraic Theas
South Africa

AN
ASTRALÁISE
Australasia

An Nua-Shéalainn
New Zealand

SEANFHOCAIL

Proverbs

Ní fhanann trá le fear mall.
The tide doesn't wait for a slow man.

Time or nature doesn't wait for anyone.

Everyone thinks their own children (or ideas) are the best.

Is geal leis an bhfiach dubh a ghearrcach féin.
The raven thinks its own nestlings are great.

Is maith an scáthán súil charad.
A friend's eye is a good mirror.

A real friend will be honest with you.

A helping hand makes the job easier.

Giorraíonn beirt bóthar.
Two people shorten a road.

Is minic ubh bhán ag cearc dhubh.
A black hen often has a white egg.

Don't judge things by appearances.

There's no place like home.

Níl aon tinteán mar do thinteán féin.
There's no fireplace like your own fireplace.

Is é do mhac do mhac inniu, ach is í d'iníon d'iníon go deo.
Your son is your son today, but your daughter is your daughter forever.

Daughters are loyal to the end.

Ní neart go cur le chéile.
There is no strength without unity.

Many hands make light work.

An té nach bhfuil láidir ní folair dó a bheith glic.
He who is not strong must be clever instead.

Brains are better than brawn.

A true friend will stand by you.

Aithnítear cara i gcruatan.
You know who your friends are in difficult times.

SEANFHOCAIL

Ní théann cuileog sa mbéal a bhíos dúnta.
A fly will not go into a mouth that is closed.

It is sometimes wise to say nothing.

Saying the wrong thing can get you in trouble.

Is minic a ghearr teanga duine a scornach.
It is often that a person's tongue cut his throat.

Bíonn gach tosach lag.
Every beginning is weak.

You will learn with practice.

There is a right time for everything.

Ní hé lá na báistí lá na bpáistí.
The rainy day is not the day for children.

Is fearr clú ná conách.
A good name is better than riches.

Your reputation is very important.

SAMHLACHA

Chomh sleamhain le heascann.

As slippery as an eel.

Chomh beo leis an tine.

As lively as the fire.

Chomh balbh le cloch.

As dumb as a stone.

Chomh cantalach le mála easóg.

As cranky as a bag of weasels.

Chomh haerach le druid.

As chirpy as a starling.

Chomh domhain leis an fharraige.

As deep as the sea.

Chomh sásta le bolg lán.

As happy as a full belly.

Chomh ramhar le rón.

As fat as a seal.

Chomh húr le nóinín.

As fresh as a daisy.

Chomh haosta le tor.

As old as a bush.

Chomh seascair le luichín i stáca.

As snug as a mouse in a pile of hay.

Chomh caite le cú.

As thin as a hound.

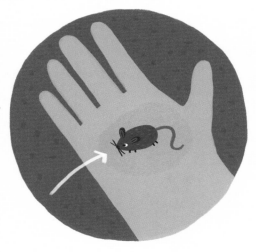

Chomh beag le luch fhéir.
As small as a field mouse.

Chomh glic le mada rua.
As sly as a fox.

Chomh díbhirceach le beach.
As eager as a bee.

Chomh críonna leis na cait.
As wise as the cats.

Chomh hard le dhá hata.
As tall as two hats.

Chomh maisithe le pictiúr.
As pretty as a picture.

Chomh soiléir le grian an mheán lae.
As clear as the midday sun.

Chomh tapa le splanc.
As quick as a flash.

Chomh fada le mo lámh.
As long as my arm.

Chomh héadrom le cleite.
As light as a feather.

Chomh bog le bogán.
As soft as an egg without its shell.

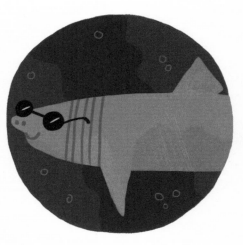

Chomh sámh le liamhán gréine.
As calm as a basking shark.

LOGAINMNEACHA

1 Cill Rois
Kilrush
Church of the wood

2 Áth Dara
Adare
Ford of the oak

3 Cill Airne
Killarney
Church of the sloes

4 An Cnoc Buí
Knockboy
The yellow hill

5 Abhainn na gColúr
Annagloor
River of the pigeons

6 Cionn tSáile
Kinsale
Headland of the sea

7 Baile Átha hÚlla
Ballyhooly
Ford of the apples

8 Srón Chaillí
Strancally
The hag's nose

9 Gráig na Gaoithe
Graiguenageeha
Windy village

10 Sliabh na mBan
Slievenamon
The mountain of the women

11 Baile an Chnoic Beag
Ballyknockbeg
Town of the small hill

12 An tAbhallort
Oulart
The orchard

13 An tInbhear Mór
Arklow
The great estuary

14 Gleann Dá Loch
Glendalough
Valley of the two lakes

15 Achadh Bhó
Aghaboe
Cow's field

16 Cill Dara
Kildare
Church of the oak

17 Fionnghlas
Finglas
Clear stream

18 Baile Átha Troim
Trim
Town at the ford of elderflowers

19 Ceanannas
Kells
Head fort

20 An Lios Breac
Newtown Forbes
The speckled ringfort

21 An tIúr
Newry
Grove of yew trees

22 Glasloch
Glaslough
Green lake

23 Lag an Bhrocaigh
Legnabrocky
Hollow of the badger den

24 Inis Fraoigh
Inishfree
Island of heather

25 Coill na Madadh
Killymaddy
Wood of the dogs

26 Dún Dá Éan
Duneane
Fort of the two birds

27 Tulach Gabhar
Tullaghgore
Hill of goats

28 Doire
Derry
Oak wood

29 Clóidigh
Clady
Washing river

30 An Clochán Liath
Dungloe
The grey stepping stone

31 Sligeach
Sligo
Shelly place

32 Droim Dhá Thiar
Dromahair
Ridge of two demons

33 Tobar an Choire
Tobercurry
Well of the cauldron

34 Abhainn Dubh
Owenduff
Black river

35 Cnoc
Knock
Hill

36 Inis Bó Finne
Inishbofin
Island of the white cow

37 An Clochán
Clifden
Stepping stones

38 An Spidéal
Spiddal
The hospital

39 An Tóin Rua
Tonroe
The red bottom

40 Cnoc an Chrochaire
Knockcroghery
Hill of the hangman

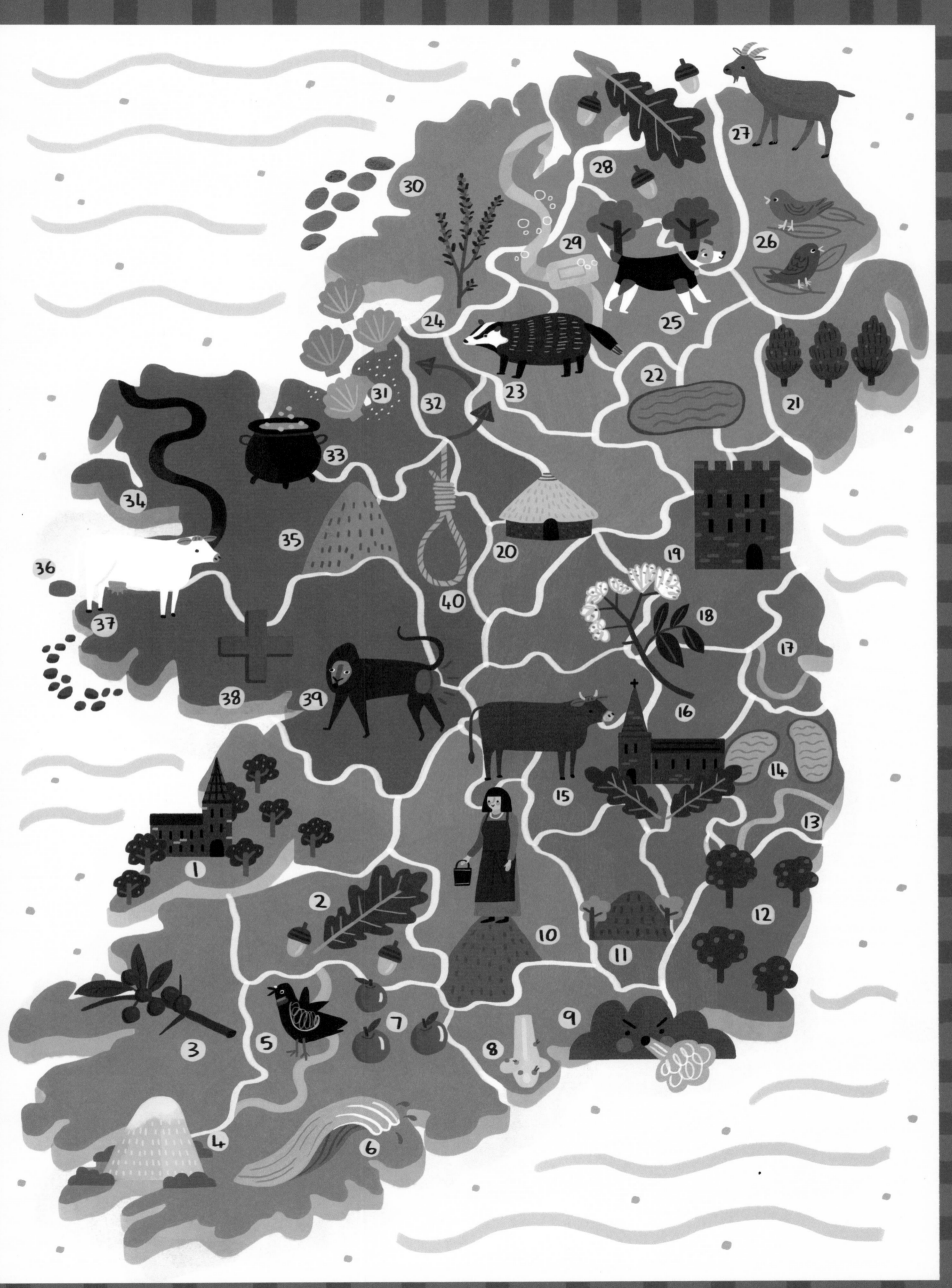

INDEX

86

ABOUT the AUTHORS

KATHI 'FATTI' BURKE is a member of the Irish Guild of Illustrators and the Association of Illustrators (UK), as well as an Irish trivia obsessive. Mapmaking has been a prominent feature in her work, a trademark that she has become known for. She lives in Dublin. Her favourite word in Irish is *lámhainní* (which you can find on page 22).

JOHN BURKE is Fatti's dad. He is a retired primary school teacher and was Teaching Principal of Passage East National School from 1980 to 2009. He has taught all age groups during his career, but focused most of his teaching on the older classes. He lives in Waterford. His favourite word in Irish is *sceitimíní* (which you can find on page 15).

• • •

KATHI and JOHN'S first book, *Irelandopedia*, won the Ryan Tubridy Show Listeners' Choice Award at the Irish Book Awards 2015, and *Historopedia* was nominated for the Specsavers Children's Book of the Year Award in 2016. Together, the books have sold over 100,000 copies in Ireland!

• • •

ALSO BY the AUTHORS

Irelandopedia • *Irelandopedia Activity Book*
Irelandopedia Quiz Book • *Historopedia* • *Historopedia Activity Book*
Historopedia Quiz Book

GILL BOOKS

Hume Avenue

Park West

Dublin 12

www.gillbooks.ie

Gill Books is an imprint of M.H. Gill & Co.

© Kathi 'Fatti' Burke and John Burke 2017

978 07171 7554 3

Irish-language editor: Fidelma Ní Ghallchobhair

Indexed by Eileen O'Neill

Printed by G. Canale & C.S.p.A., Italy

This book is typeset in 22pt on 34pt, Brandon Grotesque.

The paper used in this book comes from the wood pulp
of managed forests. For every tree felled, at least one
tree is planted, thereby renewing natural resources.

A CIP catalogue record for this book is available from
the British Library.

5 4 3 2 1

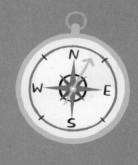

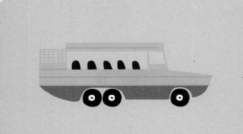

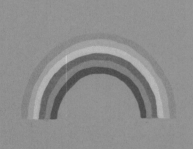